생각을 뒤집으면
인생이 즐겁다

생각을 뒤집으면 인생이 즐겁다

초판 1쇄 인쇄   2014년 07월 01일
초판 1쇄 발행   2014년 07월 07일

지은이   신 문 곤
펴낸이   손 형 국
펴낸곳   (주)북랩
편집인   선일영   편집   이소현, 이윤채, 조민수
디자인   이현수, 신혜림, 김루리   제작   박기성, 황동현, 구성우
마케팅   김회란
출판등록   2004. 12. 1(제2012-000051호)
주소   서울시 금천구 가산디지털 1로 168, 우림라이온스밸리 B동 B113, 114호
홈페이지   www.book.co.kr
전화번호   (02)2026-5777   팩스   (02)2026-5747

ISBN   979-11-5585-275-0 03810(종이책) 979-11-5585-276-7 05810(전자책)

이 도서의 국립중앙도서관 출판예정도서목록(CIP)은 서지정보유통지원시스템 홈페이지(http://seoji.nl.go.kr)와
국가자료공동목록시스템(http://www.nl.go.kr/kolisnet)에서 이용하실 수 있습니다.
(CIP제어번호 : 2014019901)

생각을 뒤집으면 인생이 즐겁다

신 문 곤 지음

머리말

사람은 어떻게 하면 행복해질 수가 있을까요?

저는 수많은 고민의 시간을 통해 인간이 행복한 삶을 살려면 자신이 처한 문제들에 대해서 나름대로 적절한 해결을 하면 된다는 아주 뻔한 해답을 찾을 수가 있었습니다.

그러나 각자가 처한 문제에 대한 해결책은 어느 누구도 명확한 해답을 제시해줄 수 있는 것이 아닙니다. 처한 상황이 사람마다 다르고, 문제 해결의 주체가 타인이 아닌 자신이기 때문입니다.

결국 인간의 모든 문제의 해답은 타인이 도움을 줄 수 있을지 모르지만, 결정은 스스로 할 수밖에 없습니다.

그리고 부닥친 문제에 대한 정확히 해결하는 능력은 오롯이 그 사람의 "생각하는 힘"이라는 사실을 깨우칠 수가 있었습니다.

문제를 다양한 관점으로 바라볼 수 있는 능력이 있고, 문제의 결과에 대한 인과적 추론을 예측할만한 능력이 구비된다면 가장 최선의 선택을 할 수가 있을 것입니다.

그런데 다양한 관점으로 문제를 바라보려면 어떻게 해야 할까요?

사람은 스스로가 가지는 관점의 습관 때문에 타성에 젖은 생각에 익숙해져 있습니다. 늘 생각하는 방식대로 생각하고, 늘 바라보는 관점대로 바라보는 것이 사람입니다.

이런 습관의 관성을 깨뜨리기 위해서 스스로가 그 일을 하기는 무척이나 어렵습니다….

그래서 타인과의 소통, 독서를 통한 소통이 삶에 있어서 중요한 요소가 되는 것입니다.

이 책에서는 "관점을 바꾸어라", "생각을 바꾸어라"라는 추상적인 구호가 아니라 남들과는 다른 저의 관점을 형이상학적인 철학적인 소재가 아니라 일상적인 소재를 통해 여러분에게 던져 드리고자 합니다.

이 책을 통해 여러분의 삶의 문제들에 대해 해답을 주고 싶은 생각은 추호도 없습니다.

그래서 내용을 장황하게 알기 쉽게 설명할 필요성도 느끼지 못합니다.

짧은 글의 여백을 채우는 것은 독자의 몫이고, 구체적인 삶의 적용도 독자의 몫입니다.

시간이 지난 후 스스로 여백을 채우고 스스로의 삶에 적용한 자신을 바라보면 생각의 힘이 훌쩍 자라있는 자신을 보게 될 것입니다.

이 책을 통해 독자들의 기존의 고정관념을 뒤흔들고 싶고, 생각을 혼란스럽게 만들 수 있다면 저는 이 책을 쓴 보람을 느낄 것입니다.

왜냐하면 자기발전의 시작은 내적인 방황임을 저는 확신하기 때문입니다.

2014년 여름
신 문 곤

차 례

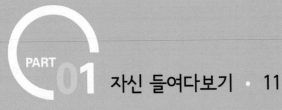

"

세상은 내 뜻대로 되는 것이 아닙니다.
그러니 일이 잘 풀리지 않아도 원래 그런 것이라
고 생각하면 마음이 조금 편해질 수가 있습니다.

"

PART

01

자신 들여다보기

능력이 있다고 반드시 행복한 건 아닙니다.

가진 것이 많다고 반드시 행복한 건 아닙니다.

예쁘다고 반드시 행복한 건 아닙니다.

행복의 단 한가지 조건은 주어진 것에 만족하는 것입니다.

누군가 나에게 상처를 준다해도 내가 허용하지 않으면 상처
가 안 됩니다.

길을 걷다가 만나는 소담스런 꽃을 보고
신기한 듯 바라보는 나의 눈빛, 오랜만에
만나서 목청 드러내고 웃을 수 있는 친구와의 만
남, 책을 읽다가 자그마한 깨우침에 미소 짓는 나의 모
습, 일상의 작은 것에도 우리의 행복은 얼마든지 존재합
니다. 단지 우리가 그것을 행복이라는 것을 인정하지 않
을 뿐입니다.

인생에 있어서 자신만의 삶을 향한 독립선언은 자신의 행복 선언입니다.

과거의 노예는 주인이 시키는 일을 하는 사람이었고, 현재의 노예는 세상이 원하는 대로 사는 사람입니다.

타인에게 승리하였다고 오만해지는 건 정작 자신에게는 패배 하였다는 것입니다.

작은 일에 짜증을 낸다는 것은 작은 일이 생각나지 않을만한 정말 힘든 일이 없다는 겁니다. 가족 중에 누군가 중병에 걸 렸다면 과연 작은 일에 신경 쓸까요? 작은 일에 신경 쓰는 자 신을 자책하지 말고, 큰 고통이 없음을 감사하세요.

내가 무엇을 하고 싶은지 스스로 질문하지 않는다면 그 일은
찾아질 수가 없습니다.

자신이 원하는 방식대로 살아가는 자유는 그냥 주어지는 것
이 아닙니다.
세상은 세상이 만든 틀 안에서만 사는 것을 강요하거든요.
자유는 그 소중함을 깨우치고 노력하는 자만이 쟁취할 수가
있는 겁니다.

좋은 습관은 저절로 생기지 않습니다.
처음의 어색함을 넘어선 의도적인 노력이 쌓이고 쌓여
시간이 지난 후에 그 어색함이 자연스러운 습관으로 자리 잡
는 것입니다.

자존감은 스스로 자신의 삶을 납득할 때 올라가는 것입니다.
자신의 삶을 납득한다는 것은 끊임없이 자신의 삶을 바라보고
더 나은 삶을 향한 몸부림이 있을 때 가능한 것입니다.

안 좋은 감정에서 빨리 벗어나고 싶으면 더 절박한 것에 직면
하시는 게 제일 좋은 방법입니다.
　　　숨 쉬는 것을 가장 절박하게 만드는 운동이나 등산
도 괜찮습니다.

정말 힘들고 고통스러운 상황이라면 외로
울 틈도 없습니다. 외롭다는 것은 그나
마 삶에 어느 정도 여유가 있을 때 생기
는 마음의 작용입니다. 외로우니까 힘들
다 생각하지 마시고 '정말 힘든 일이 없구
나'라고 감사하는 마음을 가져 보세요.

자신의 삶에 의문을 제기하고 회의감이 들 때 더 나은 삶의 시작이 될 수가 있습니다.
문제는 아무 생각 없이 사는 것입니다.

아픈 만큼 성숙해집니다. 하지만 생각 없이 살면 허구헌날 성숙 없는 아픔만 느끼면서 살아가게 됩니다.

세상에 공짜는 없습니다, 이 사실을 인정하지 않으면 사기당한 후에 후회할 일이 많아집니다.

자신이 원하는 것이 무엇인지 모르겠다는 질문을 한다는 것은 인생에서 가장 중요한 것이 무엇인지는 안다는 말입니다.

사람들은 비교되는 것을 가지고 자신의 행복을 측정하지만, 정작 행복은 비교되지 못하는 것들에 의해서 판가름 납니다.

자신을 사랑하지 않는 사람은 다른 사람에게 사랑을 베풀 마음의 여유가 없는 경우가 많습니다.

고독을 자신과 마주하는 기회로 활용한다면 고독은 고통의 이유가 아니라 자기 발전의 기회입니다.

세상의 모든 것들은 가지고 있을 때보다 가질 수 있다는 기대가 우리를 더 흥분하게 만듭니다. 그래서 많은 것을 가졌다는 건 그만큼 흥분하게 하는 기대가 적다는 말입니다.

선택이 진짜 어려운 이유는 선택하지 않은 것을 포기하기가 힘들기 때문입니다.

도전은 청년들만의 전유물은 아닙니다. 중년에도 도전은 가능하고, 노년에도 가능합니다. 행복한 삶을 살아가고자 하는 모든 인간의 소유물입니다.

상처와 아픔을 주변의 위로로 잠깐은 마음의 힐링은 얻을 수 있을지 모르지만 근본적인 치료는 되기가 어렵습니다. 일시적인 힐링으로 대충 넘어가기 보다는 주변의 어떤 바람에도 흔들리지 않는 강한 내면을 구축하도록 노력해보세요.

세상은 내 뜻대로 되는 것이 아닙니다.
그러니 일이 잘 풀리지 않아도 원래 그런 것이라고 생각하면 마음이 조금 편해질 수가 있습니다.

사람의 행복은 타인과의 비교에서 나오는 것이 아니라, 자신의 존재가치를 얼마나 느끼느냐에 좌우됩니다.

실패를 절망이라고 생각하는 그런 사람에겐 한번 실패는 실패한 인생의 시작입니다.

몰입한다는 것은 몰입한 것 이외의 것들을 DEL키를 누른 것과 같습니다.

사람은 꿈꿀 때가 가장 행복하고, 기쁨이 충만합니다. 그래서 꿈꾸는 것은 현실에서 가장 기쁨을 누리는 방법입니다.

지겨운 시간을 죽이지 마시고, 즐거운 시간으로 살려내세요.

아픈 경험과 기쁜 경험은 모두 다 좋은 경험입니다.
아픈 경험도 해보아야지 다시는 그런 경험을 하지 않으려고
노력하게 되는 겁니다.

세상이 나를 알아주지 않아도, 자신 스스로가 알아주는 것
만으로도 만족한다면 그 사람은 성숙의 경지에 오른 사람입
니다.

세상의 모든 만물은 각자의 자신만의 색깔을 가지고 있고,
그런 다양한 색깔들이 어우러질 때 아름다운 겁니다.
사회도 각각의 사람이 자기 색깔을 낼 때 아름다워지는 겁
니다.

자기 스스로 셀프 위로가 가능하다면 지혜롭고 성숙한 사람
입니다.

자신의 삶을 즐겁게 살아간다면 그 사람들 모두가 일류인생
입니다

행복은 외부에서 찾는 것이 아니라 내면의 마음에 반응하는
것입니다.

행복한 삶을 살려는 노력의 첫 단추는 "나는 행복한가?"라고 스스로 자문해 보는 것입니다.

진정으로 숭고한 인간에 대한 사랑은 아름답고 매력적인 것을 사랑하는 것이 아니라 볼품없고 초라한 것을 사랑하는 것입니다.

사람은 생각하지 않으면 남을 따라만 갈뿐이고, 생각을 하면 자신의 길을 갈 수가 있습니다.

사람들은 대개 시간의 소중함을 자신의 시간이 거의 남지 않
았을 때야 비로소 깨우칩니다.

마음을 비운다는 것은 있는 것을 있다고 인정하고, 없는 것을
없다고 인정하는 것입니다.
있는 것을 없다고 스스로를 세뇌하고, 없는 것을 있어야 한다
고 환상을 가지는 것이 집착입니다.

자존감은 자신이 가치 있는 존재라는 것을 스스로가 인정하
는 것입니다.
가장 쉽게 높이는 방법은 자신이 가치 있다고 생각하는 일을
하면 됩니다.

청년기에는 통장에 돈을 쌓아야 할 시기가 아니라
내면의 양식을 쌓아야 할 시기입니다.
어떤 것을 쌓았는가의 차이는 청년기가 지나면 차이가 확연
히 드러나게 되어 있습니다.

젊은 날 끝이 보이지 않는 동굴을 걷고 있다고 우울해 하지만,
시간이 지난 뒤에 보면 동굴의 출구는 그리 멀지 않은 곳에
있다는 것을 알게 됩니다.

인생은 비극도 있고, 희극도 있습니다.
작가는 자기 자신입니다.

자신이 할 수 있는 것은 열심히 해서 얻으려고 노력하고,
자신이 할 수 없는 것은 할 수 없다고 인정하는 것이 지혜로
움입니다.

소 읽고 외양간 고쳐보아야지 그 쓰라림에 다음에는 소를 잃
지 않을 수 있습니다.

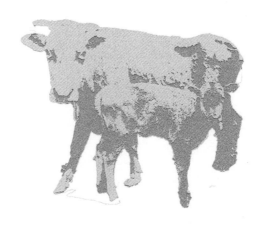

주변사람이 불치병에 걸려 병상에 누워있다는 소식을 들어야
지만, 우리는 건강하다는 자체가 얼마나 큰 축복인지를 깨우
칠 수가 있습니다.

집착한 것이 채워지지 않으면 슬픔이 됩니다.
집착할 대상을 줄여 나가고, 집착의 강도를 줄여 가는 것은
성숙해진다는 것입니다.

상처를 주고 상처를 받고 살아가는 게 인생입니다.
그런 엄연한 인간세상의 현실을 있는 그대로 인정할 때
상처가 오랫동안 마음에 머물게 하지 않고 털어 버릴 수 있
습니다.

두렵지 않기 때문에 직면할 수 있는 것은 평범함이고, 두렵지만 직면하는 것이 용기입니다.

마음의 편안함은 일어날 일에 대한 예측과 지혜로운 대응이 준비 되어야 가능한 것이지, 그냥 마음만 편한 것은 오래가지 못합니다.

행복은 상황이 만들어 주는 것이 아니라 자신이 스스로 만들어 가는 것입니다.

세상에서 제일 행복한 사람은 아침에 눈뜰 때 오늘 할 일에 대한 설렘이 있는 사람입니다.

타인이 나에게 상처를 줄 수가 있습니다.

하지만 자신도 부족한 인간이고, 타인도 부족한 인간이기 때문에 누구나 다 가해자가 될 수 있음을 인정한다면 그 상처를 오랫동안 담아두지 않을 수 있습니다.

꿈을 꾼다는 것은 매일 매 순간 삶에 카타르시스를 느끼면서 살아간다는 것을 의미합니다.

자기 자신을 사랑하지 못하는 사람은 그것을 타인을 통해서 채우려 합니다.

그래서 허세를 부리게 됩니다.

운명은 살아가는 동안 끊임없이 변화 중이고, 죽음을 맞이할
때야 비로소 확정되는 것입니다.

세상은 왜 나를 알아주지 않을까?

세상은 왜 나를 인정해주지 않을까?

이런 질문은 자신이 스스로를

인정하지 않을 때 나오는 질문들입니다.

세상 누구나 다 과거의 슬픔과 상처가 있습니다.

그러나 과거를 연연해하지 않고 살아가는 사람은 과거의 부족함이 현재와 미래를 좀 더 성숙하게 만드는 밑거름이었음을 인정하고 살아가는 사람입니다.

괴로움과 슬픔 등의 나쁜 감정은 일어난 것이지 일으킨 것이 아닙니다. 일어난 것을 '일어났구나'라고 바라보시는 연습을 해보세요. 그런 연습을 자꾸 하다 보면 일어난 것들의 노예가 되지 않습니다.

사람은 장점과 단점으로 구성된 존재입니다. 하지만 자신의 단점을 전혀 인정하지 않는다는 건 스스로 완벽한 신적인 존재로 생각하는 것과 같습니다.

세상이 나를 버렸다고 할지라도 내가 나를 버리지 않으면 나는 버려진 존재가 아닙니다.

혼자라는 사실이 견디기 힘든 고통인가요? 아님 자유를 만끽하기 위한 최적의 조건인가요?
객관적인 정답은 없습니다. 각자의 바라보는 관점의 문제일 뿐입니다.

세상이 나에게서 멀어지면 소외되는 것이고 내가 스스로 세
상에서 멀어지면 자유로운 것입니다.

다른 사람을 의식하면서 살아가면
다른 사람에 맞춰가는 삶을 살아가게 되고,
자신의 마음을 의식하면서 살아가면 자신의 삶을 살아가서
만족한 삶을 살 수가 있습니다.

불행은 남이 만들어놓은 길을 걸어가는 것이고,
행복은 자신만의 길을 만들어 가는 것입니다.

불행과 상처를 제일 빨리 극복하는 방법은 행복과 기쁨의 자리에 자신을 놓아두는 것입니다.

인생의 방향은 다른 사람과 일렬종대로 한 줄로 가는 것이 아니라 일렬횡대로 각자 가는 것입니다.

콤플렉스는 정작 자신 스스로가 콤플렉스라고 규정하고 자책할 뿐이지, 타인은 다른 사람의 콤플렉스에 대해 관심을 두지 않는 것이 대부분입니다.

누구나 살면서 아픔은 있기 마련입니다.
행복한 삶을 사는 사람은 아픔이 없는 것이 아니라 아픔을 처리하는 기술이 뛰어날 뿐입니다.

지나간 슬픔에 마음을 뺏긴다는 건 현재 여기에 마음을 집중할 만한 무언가가 없다는 것입니다. 과거의 슬픔을 잊으려 노력하지 마시고, 현재 기쁨을 누릴 것을 찾아보세요.

결핍이 반드시 나쁜 것만은 아닙니다. 결핍을 통해서 그 동안 당연히 받아왔던 것들의 소중함을 깨우칠 수가 있고, 그 당연한 것들 속에서 간과했던 행복을 찾을 수도 있기 때문입니다.

자신이 만족한 삶을 살지 못하면 늘 불만에 가득차서, 다른 사람에게 관심을 가질만한 여유가 없습니다.

젊은 시절의 실수와 시행착오는 나이만 먹는다고 나아지는 것이 아닙니다.
그런 경험을 통해 깨우침이 있을 때 비로소 좋은 경험이 되는 것입니다.
실수와 시행착오를 했을 때 감정적으로만 반응하지 마시고, 냉철하게 그런 것들을 곱씹어 보아야지만 깨우침을 얻을 수 있습니다.

말을 잘하기 위한 가장 중요한 조건은 좋은 생각을 가지는 것입니다.

사소한 문제를 이기려고 하는 모습을 보이는 순간
타인은 옹졸한 패배자로 당신을 기억할 것입니다.

삶은 원래 고달프다고 생각하면 그것이 당연한 듯 살아가지만, 삶은 행복할 수 있다고 생각하면 행복한 삶을 위한 노력을 하게 됩니다.

자신의 일이라는 제일 확실한 증거는 그 일을 하는 동안 시간의 흐름을 느끼지 못한다는 것과 그것을 하는 시간이 즐겁다는 것입니다.

수치심을 느낀다는 것은 자신이 한 일에 대해서 자신도 신뢰하지 않는다는 말입니다.

고독은 타인과의 소통이 없는 상태이기도 하지만 자신과의 소통의 시간이기도 합니다.

후회도 처절하게 하면 다음부터는 후회할 일을 저지르지 않
게 됩니다.
정작 잘못된 것은 후회할 만한 일인지도 모르는 것입니다.

자신을 잘 컨트롤 하는 사람은 자동적인 감정과 생각에
휘둘리는 사람이 아니라
그런 생각과 감정을 멀리 떨어져서 스스로를 바라보는 것이
습관 되어 있는 사람입니다.

자기 발전은 방황하는 것으로
부터 시작됩니다.

자신에 대해 실망을 자주 한다면 스스로 되물어 봐야 합니다.
자신의 생각 속의 자신과 현실의 자신과의 차이가 없는지를.
생각 속의 자신을 현실적인 자신의 키 높이에 맞추면 실망이
아니라 인정을 할 수가 있습니다.

완벽한 사람이란 부족한 자신을 탓하기 위해서 만든 허구적
상상물일 뿐입니다.

무엇을 가져야만 만족한다고 생각하는 사람은 오히려 못 가
지는 것이 더 나을 수 있습니다.
가졌을 때의 공허감보다 가지지 못했을 때의 기대감이 자신
에게 더 나을 테니까요.

자유는 그것의 달콤함을 아는 사람만이 쟁취할 수가 있고,
향유할 수 있습니다.

저 너머에 행복은 있는 것이 아니라, 지금 이 순간이 가장 행
복한 순간이어야 합니다.

침묵한다고 겸손한 건 아닙니다.
겸손은 타인에게 나보다 나은 점이 있다는 것을 인정하고,
그래서 항상 배우려는 마음입니다.
겸손은 성격이 아니라 마음의 문제입니다.

기쁨은 외부에서 누군가 전해주는 것이 아니라,
작은 것에도 반응하는 나의 내부에서 끄집어내는 것입니다.

사람은 정체되면 우울함에 빠지기 쉽고, 전진하면 희열을 느끼기 쉽습니다.

사람이 죽을 존재임을 아는 사람은 남아 있는 시간을 절대로 낭비하지 않습니다.

게으르다고 행복한 것은 아닙니다.
그러나 열정적이면 행복합니다.

현재 권태감과 나른함이 자신의 삶을 지배하고 있다면, 현재 자신의 일상적인 환경을 모조리 바꾸어야 할 시간입니다.

과거의 일에서 교훈을 얻으면 미래가 밝아지고, 과거에서 아픔을 이끌어 내면 미래는 어두움이 드리웁니다.

우리는 인생을 직구라고 던지지만 직구가 아니라 언제나 변화구입니다.

미래의 자신에게 당당해지는 방법은 현재를 당당하게 사는 것입니다.

인생은 자신이 좋아하는 일을 찾았을 때와 그렇지 않았던 때로 나누어집니다.

자아실현이란 자신이 몰랐던 자신의 잠재력을 발견해가고, 기존의 자신과는 다른 또 다른 자신으로 규정하는 것 입니다. 무엇보다 자아실현을 해야 하는 이유는 그 안에서 희열과 만족감을 느낄 수 있기 때문입니다.

자기 계발은 세상에 자신을 맞추는 것이 아니라, 자기 자신을 발견해 나가는 과정입니다.

부정적인 마음은 비 오는 것만 바라보는 것이고, 긍정적인 마음은 비온 뒤의 무지개까지 생각하는 것입니다.

비교는 물건 가격이나 비교하는 것이지 인간을 비교하는 것은 아닙니다.

사람이 가장 잘 죽는 법은 가장 기쁘게 살다가
죽는 것입니다.

나를 힘들게 하는 감정은 비울 수 있는 것이 아니라 좋은 감
정으로 교체하는 것입니다.
힘들 때는 나를 기쁘게 하는 일들에 몰입해보세요.

하루하루의 행복이 모여서 행복한 일생이 되는 것입니다.

자신의 삶의 방향은 외부에서 가르쳐 주는 것이 아니라,
내면의 울림에 반응할 때 찾아질 수가 있습니다.

키가 작다, 얼굴이 못났다는 것에 열등감을 가질 때에만 열등
함이 됩니다.

지금까지의 삶이 의미 없었다고 생각되고, 나는 삶을 어떻게
살아야 할지 진지한 의문을 제기할 때, 그때가 과거보다 더
나은 삶을 살기 위한 출발점이 됩니다.

가지고 있는 않은 것에 대한 욕심보다, 가지고 있는 것에 대한 감사를 하면 기쁨이 있는 삶을 살 수가 있습니다.

행복의 조건은 단순하면 할수록 쉽게 행복감을 느낄 수 있고, 많으면 많을수록 행복감을 느끼기가 힘듭니다.

인생의 가장 큰 행복은 스스로 자유롭다고 생각하고, 그 안에서 자유를 만끽하는 자신을 바라보는 것입니다.

비교는 동일한 물건끼리 하는 것이지, 전혀 이질적인 인간은 비교의 대상이 아닙니다.

인간이 행복해지는 길은 길들여지는 것이 아니라 자기 본연의 야생의 삶으로 돌아가는 것입니다.

지금까지 마음을 해석해서 그것에 따라 행동해 왔다면, 이제부터 그 마음 자체를 자신이 원하는 방향으로 변화시켜 보세요.

어리석은 사람은 감정의 노예가 되지만, 지혜로운 사람은 감정을 컨트롤합니다.

타인의 잘못은 용서를 하더라도, 자신을 사랑하지 못하는 스스로는 용서하지 마세요.
자신을 사랑하지 못하는 사람은 매일 상처받고 매일 위로 받으려다 인생을 다 보냅니다.

자신의 삶과 타인의 삶을 비교하면 자신은 점점 초라해지고,
자신이 원하는 삶과 자신의 현재의 삶을 비교하면 점점 발전
할 수가 있습니다.

열등감은 마음의 기준이 현재능력보다 높이 두었을 때
생기는 감정입니다.
마음의 기준을 현재의 능력에 키 높이를 맞추면 평안함이
생깁니다.

아웃사이더란 세상이 원하는 것을 거부하고,
조직이 원하는 획일적인 가치를 부정하며,
자신만의 길을 확신을 가지고 가는 사람입니다.

다른 사람이 나를 어떻게 바라볼지,

나를 어떻게 평가할지 두렵다는 건

자기 자신에 대한 신뢰가 없다는 것입니다.

지혜롭지 못한 사람은 외부로 빛을 발하여

타인의 좋은 평가를 기대하지만,

지혜로운 사람은 내부의 빛을 응시하며 스스로 만족합니다.

자신의 나쁜 습관을 고치는 것의 시작은 자기의 습관을 자기 스스로가 바라보는 것으로부터 시작해야 합니다.

"내가 이런 습관이 있구나."

"또 이런 습관이 나오네."

그렇게 바라보는 횟수가 많아지면 습관적 행동 이전에 알아채고 다른 행동을 취할 수가 있습니다. 물론 수십 년간 지속되어 온 습관이 하루아침에 바뀌기를 기대하는 건 욕심이겠죠.

밀가루 뒤집어쓴다고 까마귀가 백로가 되지 않습니다.

까마귀는 깃털이 검정색일 때 까마귀다운 것입니다.

사람은 누구나 짜릿한 자극으로 현재의 지루함과 아픔을
날려버리고자 욕망합니다.
어떤 이는 자신을 파괴하는 것들에 함몰되고,
어떤 이는 새로운 도전으로 더 나은 삶으로 승화시킵니다.

"나의 미래는 어떻게 될까"라는 두려움은 누구에게나 있습니다.
그것은 어느 누구에게나 100% 예측 불가능한 영역이기
때문입니다.
모든 것이 예측 가능한 미래라면 식상하거나,
따분한 일생이지 않을까요?
오히려 기대하지 않았던 인연, 예상하지 못했던 돌발적인 상황이
생길 수 있기 때문에 미래라는 것이 가치가 있는 건 않을는지?

사라진 것들은 추억으로 기록해두고,

남아 있는 것을 사랑합시다.

사라진 것들을 아쉬워만 한다면 남아있는 것마저도

가치를 상실합니다.

인생이 꼬인다고 세상 탓, 남 탓 하지 마세요.

단단한 대나무는 꼬이지 않습니다.

과거의 아픔에 집착해서 아파 한다는 건 그것을 대체할만한

현재의 기쁨이 없다는 말입니다.

마음이 심란할 때는 마음의 활동을 정지시키고 몸의 활동으로 전환해보세요. 그러면 엔도르핀이 심란함을 상쾌함으로 바꾸어 줄 것입니다.

스쳐가는 일상의 달콤함을 모르는 건 특별한 고통의 시간을 지나본 경험이 없기 때문입니다.

무엇이든지 100% 완벽하게 아는 사람은 세상에 존재하지 않습니다. 그 사실을 가슴 깊이 안다면 필연적으로 누구에게나 배우기를 주저하지 않습니다.

인간은 특정한 분야에 열등함, 우월함은 있을 수 있어도, 열등한 인간, 우월한 인간은 없습니다.

죽음에 대한 두려움을 가장 쉽게 떨쳐버리는 방법은 죽음이
생각나지 않을 정도로 무언가에 빠지는 것입니다.

진정한 행복의 조건은 조건을 달지 않고 만족하는 것이다.

자신이 좋아하는 것을 하면 위로를 얻을 수 있지만, 자신에게
필요한 것을 하면 성장을 할 수가 있습니다.

자신에 대한 판단이 상처가 된다면 그것은 자책이고, 자신에
대한 판단이 반성이 된다면 그것은 자기성찰입니다.

사소한 일에 용기를 내지 마세요.

그건 용기가 아니라 객기일 뿐입니다.

용기란 가치 있는 일에서 성립하는 겁니다.

과거의 성격은 우연한 환경에 의해 형성되었지만,

미래의 성격은 오직 자신이 형성해가야 할 문제입니다.

명품인생은 명품으로 자신을 포장할 필요성이 없습니다.

삶 자체가 타인에게 명품임을 확인시켜 줄 테니까요.

인생이란 많은 사람이 좋아하는 대중가요를 부르는 것이 아니라, 오선지 위에 각자가 원하는 음표를 그리고 그것을 노래하는 것입니다.

사람은 평소에는 자기 성찰을 잘하지 않습니다.
하지만 정말 힘들고 어려운 일에 봉착했을 때 비로소 자기 자신을 바라보게 됩니다.
그래서 어려운 고난의 시간은 자신을 한 단계 더 자신을 발전시키는 계기가 됩니다.
그래서 아픈 만큼 성숙해진다는 말이 있습니다.

상대를 용서하는 것이 상대방을 위한 것이라고 생각하는
사람이 많습니다.
그러나 누군가를 미워하면 내 마음도 편하지 않고,
항상 예민해져서 짜증내는 자신을 발견할 수가 있습니다.
용서는 상대방을 위해 하는 것이 아니라 나의 마음의 평안을
위해 하는 것입니다.

자신을 사랑하는 사람은 상처가 되는 말을 들어도 상처가 되
지 않습니다.

자신만의 삶에 희열을 느끼는 사람은 타인에게 의지하지 않고,
자신만의 삶에 만족감을 느끼는 사람은 타인에게 존속되지
않습니다.

사람이 지혜로우면
문제의 해답도 정확하게 찾을 수도 있기도 하지만,
오히려 문젯거리 자체가 많이 줄어듭니다.

자신의 부족함을 있는 그대로 인정할 수 있는 사람만이 타인
을 용서할 수가 있습니다.
사람은 모두 다 부족하므로 다른 사람도 그럴 수 있다고 인정
할 수 있으니까요.

나는 행복할 가치가 있는 사람이야! 라고 스스로 되뇌면 행복
한 삶을 살아갈 가능성이 많아 집니다. 왜냐하면 무엇이 나를
행복하게 하는지 고민하게 되고, 그것을 찾으려고 노력하기
때문입니다.

66

옛날에는 무조건 많이 아는 것이 힘이었습니다.

그러나 현재는 아는 것들을 잘 융합해서

현실에 적용해내는 능력이 힘이 되는 시대입니다.

99

성공이란?

꿈을 매일 머릿속으로 그린다고 꿈이 이루어지는 건 아닙니다. 하지만 그런 과정이 꿈을 이루기 위한 노력을 하게 만드는 커다란 동기 부여는 됩니다.

일이 놀이가 될 수 있다는 걸 발견한다는 것은 자신의 삶에서 가장 중요한 발견입니다.

직장생활을 단지 돈 벌기 위해서 고통을 감내한다고 생각하면서 다니면 힘들어집니다. 하지만 직장생활을 통해 사람과 세상에 대해서 경험하고 배운다는 자세로 다니면, 오래지 않아 사회생활에서 성공을 이룰 수가 있습니다.

인생의 성공은 얼마나 많은 종류의 것을 얻었느냐가 아니라 얼마나 중요한 것을 얻었느냐로 판가름납니다.

'내가 할 수가 있을까?'라고 두려워한다는 건 그 마음속에 결과에 집착한다는 마음이 있는 겁니다. 그러나 성공하는 사람은 그 과정의 깨달음과 배움에 집중합니다. 좋은 결과는 깨달음과 배움이 쌓이면 저절로 이루어지는 것입니다.

노래 제목만 가지고는 어떤 느낌의 노래인지 알 수가 없습니다. 노래를 끝까지 들어봐야 그 노래에 대해서 이해를 할 수가 있듯이. 모든 일들은 직접 경험해보지 않고 판단하는 건 판단이 아니라 잘못된 선입관일 뿐입니다.

진정한 실패는 결과가 안 좋은 것이 아니라 실패에서 배운 것이 없다는 것입니다.

집에서 한 달만 놀아보면 직장생활이 반드시 돈만 벌기 위한 것이 아니란 걸 절실히 느낄 수가 있습니다.

진정한 실력자는 평범한 일상에서 기회를 만들어내는
사람입니다.

얼마 전에 부산 온천장의 대중목욕탕에 간 적이 있습니다.
들어가니 시설은 완전히 60년대 수준이었습니다.
그러나 빈자리는 거의 없을 정도로 꽉 찼더군요.
물에 자신 있으니 시설이 보잘것없어도 자신만만하게
목욕료를 징수하던 주인장의 당당한 모습이 떠오르네요.
본질적인 것에 강하면 언제나 당당한 법입니다.

일은 마지못해 하면 노동이 되지만, 일을 사랑하면 놀이가 됩
니다.
그리고 계속 재미있게 일을 가지고 놀다 보면 성공도 하게 되
는 것입니다.

시작이 두렵지 않은 일은 없습니다.
하지만 몸에 익으면 두려운 일도 없습니다.

모든 인생에는 각자에게 맞는 정답이 있는 것이지,
모든 사람에게 다 맞는 모범답안은 없습니다.

어떤 결과가 나오든지 지금 이 순간 기쁘다면 그것은
성공한 것입니다.

그 일을 하면 외로울 틈도 없고 나른할 틈도 없다면 그 일이
자신의 일입니다.

가장 높이 보는 갈매기가 가장 멀리 보지만, 가장 높이 나는
갈매기는 가장 바람에 잘 견디는 갈매기입니다.

모든 도전은 두려움과 설렘이 공존합니다.
어떤 감정을 선택하느냐의 문제일 뿐입니다.

도전할지 말지의 결정은 다른 사람들의 다수결에 의해 결정
하는 것이 아니라, 자신의 내면의 설렘에 순응하는 것입니다.

대개 자신의 일은 자신이 소중하다고 생각하는 것들 주변에
서 찾을 수가 있습니다.

요즘의 성공의 길은 넓고 큰길을 가는 것이 아니라
길이 없는 길을 만들어서 가는 것입니다.

자신의 삶이 엉망진창이라고 실망하지만,
세상 모든 성공한 사람들도 다 지나온 길입니다.

'할 수 있을까?' 라는 말은 일의 결과를 바라본다는 것이고,
'재미있을 것 같아!' 라는 말은 일의 과정을 바라본다는 것입니다
과정이 재미있으면 결과에 신경 쓰이지 않습니다.

위대한 사람은 피나는 노력의 결과로 위대한 업적을 남긴 사람입니다.
하지만 더 위대한 것은 피나는 노력이 즐거운 시간이었다는 점입니다.

세상 모든 일에 쓸모 있는 사람은 존재하지 않습니다.
세상 모든 일에 쓸모없는 사람도 존재하지 않습니다.
수만 가지 일 중에서 단 한 가지 자신이 쓸모 있는 일을 찾는 사람이 성공한 사람입니다.

도전은 자신에 대한 사랑의 표현이고, 자신을 가장 즐겁게 하는 놀이감입니다.

돈을 벌게 해주는 것은 돈에 대한 열정이 아니라 새로운 것들
에 대한 열정이 돈을 벌게 해줍니다.

꿈이 실패할지 두렵다는 것은 그건 꿈이 아니라 자신이 만든
의무일 뿐입니다.
꿈이란 즐거운 과정의 연속이니까요.

숙련된 행동은 머리의 지시에 의해 행동하는 것이 아니라
손과 발이 스스로 행동하는 경지에 오르는 것을 의미합니다.

요즘 되는 사업이 없다고들 이야기 합니다.

그런데 사업을 하는 동생이 저에게 그러더군요. 형님 저는 요즘 완전히 대목입니다.

그 동생은 건물 철거사업을 하거든요.

경기가 나쁘면 모든 사업이 잘 안 된다는 것은 자기가 만든 고정관념일 뿐입니다.

지혜로운 사람은 성공하기 위한 원인들을 고민하고, 어리석은 사람은 운이 좋아야 한다고 생각합니다.

인생의 성공은 객관적으로 평가할 수가 있는 것이 아닙니다. 돈 버는데 성공했다. 사업에 성공했다라고 말할 수는 있지만, 인생에 성공했다라고 말할 수는 없습니다. 주관적으로 자신의 삶이 행복하다고 생각하면 그것이 성공한 인생입니다.

모든 분야에서 거의 10% 정도만 성공합니다.

성공한 사람들은 최선을 다하면 성공할 수 있으니 도전해보
라고 이야기하고,

실패한 사람들은 실패하니 해보나 마나라고 이야기 합니다.

남의 말에 휘둘리지 마시고 도전해보세요.

사업의 성공은 거의 3번은 실패를 거쳐야지 성공을 합니다.

그런 과정을 거쳐야지만 사업에 필요한 경험과 노하우를 축
적할 수가 있기 때문이죠.

그러니 처음부터 모든 것을 올인하지 마시고, 부담
없이 삼세판은 연습 삼아 도전해보세요

도전한다고 반드시 이루어지는 것은 아닙니
다. 하지만 도전을 두려워한 자기 자신은
넘어선 것입니다.

요즘 자영업은 5년 내에 거의 80%가 망한다고들 합니다. 망하지 않으려면 다른 사람들과 경쟁을 피할 수가 있어야 합니다. 두 가지 중 어느 한 가지는 갖추고 있어야지 경쟁을 회피할 수가 있습니다.

첫째. 남들이 따라올 수 없는 나만의 기술

둘째. 남들이 하지 않는 창의적인 항목이나 영업기술

과정이 즐겁고 설렘이 있다면, 자동적으로 그 목표는 달성될 수밖에 없습니다.

왜냐하면 사람의 본성이 즐거운 일을 열심히 하고, 지속적으로 하기 원하니까요.

목표보다는 과정에 충실하세요.

과정은 무시되고, 목표만을 위해 달려간다면 그 과정은 아픔과 고통의 시간들로 채워집니다. 그런 목표는 행복의 수단이 아니라 행복을 파괴하는 수단일 뿐입니다.

실패에 대한 쪽팔림은 순간이나 실패의 가르침은
평생을 갑니다.

미래는 낙관적인 환상에 의해서 좌우되는 것이 아니라
현재의 피땀 어린 노력에 의해서 좌우됩니다.

타인이 이룬 성공의 결과만 보면 질투가 생기지만,
타인의 성공의 원인을 살펴보면 반성을 하게 됩니다.

행복은 외적인 조건의 성취가 아니라
내적인 만족의 또 다른 이름입니다.

먹고 살기 힘들어서 도전하지 못하는 것이 아니라,
먹고 살기 위해서 도전해야 합니다. 시간이 없어서 도전하
지 못하는 것이 아니라, 시간을 귀하게 사용하기 위해서
도전하는 것입니다.

이상을 추구하는 사람은 끊임없이 현실에서 이상을 실현하기
위한 노력을 하기 때문에 가장 현실에 충실한 사람이 됩니다.

당신이 바라던 일이 결과가 나쁘다고 불평하지 마세요.

그 과정이 즐겁지 않았던가요?

과정이 즐거웠다면 그 시간은 행복한 시간이었던 것이고,

과정마저 즐겁지 않았다면 그것은 당신이 진정 원하던 일이

아니었습니다.

자신이 원하는 일이 금방 찾아지는 건 아닙니다. 끊임없는 사물과 현상과의 마주침 중 일어나는 가슴의 설렘으로 찾아지는 것입니다.

며칠 만에 찾아질 수도 있고, 중년에 도달해서 찾아질 수도 있습니다.

다른 사람만 쫓아가는 인생은 죽을 때까지 못 찾을 수도 있습니다.

자신이 어디로 가야 하는지 모른다면,

그 해답은 자신에게 질문해야만 해답을 찾을 수 있는 문제입니다.

왜냐하면 모든 사람들이 각각 다른 정답이 있는 문제이기 때문입니다.

자기가 좋아하는 일을 할 때 가장 큰 장점은 "실천하자", "행동하자"라고 스스로 다그칠 필요가 없다는 점입니다.

성공이 높다 하되 자신 안의 문제로다.

오르고 오르면 오르지 못할 까닭이 없건대.

사람이 제 아니 오르고 성공만 높다 하더라.

여러분이 암기한 지식은 미래에는 지식인 검색으로 대체됩니다. 그러나 여러분의 창의성은 미래의 경쟁력이 됩니다.

공연이 끝난 뒤의 무대에서의 박수는 무대 뒤에서의 땀의 양과 비례합니다.

실패는 절망일 수도 있고, 성공의 과정일 수도 있습니다.
단지 바라보는 관점의 문제일 뿐입니다.

좋아하는 일은 방안에서 천정을 보면서 찾는 게 아니라
돌아다니면서 발품 팔아서 찾고, 인터넷 바다를 클릭질 해서
찾는 것입니다.

자신을 사랑하는 사람은 자신에게 자신이 원하는 일을 하게
내버려 둡니다.
그리고 그 일 속에서 희열을 느끼고 스스로 가치 있는 존재임
을 자각합니다.

백수생활은 하얀 도화지와 같습니다.
스스로 하고 싶은 것을 자유롭게 그릴
수가 있고, 하기 싫은 것은 그리지 않
을 자유가 있는 존재입니다.

마음이 가는 일은 자꾸 머릿속에 맴돌고, 자꾸 손이 가고, 하면 시간가는 줄도 모르고, 그러다 보니 잘하게 되고, 잘하니 세상에서 인정받고, 그러다 보면 돈도 벌고, 돈도 벌고 재미있으니 행복합니다. 그래서 마음이 가는 일을 해야 하는 겁니다.

슬럼프란 앞만 보고 달려온 지난 시간을 다시 한 번 찬찬히 정리해보라는 마음의 메시지입니다.

내가 왜 이것을 하지?

내가 제대로 된 방향으로 가고 있는지?

이런 물음에 당당하게 대답할 수가 있다면 제대로 가고 있다는 겁니다.

옛날에는 무조건 많이 아는 것이 힘이었습니다.

그러나 현재는 아는 것들을 잘 융합해서

현실에 적용해내는 능력이 힘이 되는 시대입니다.

어릴 때는 남들 하는 대로 따라 하지 못하면 뒤쳐지는 줄 알

았는데, 어른이 되어 보니 남들하고 다른 자신의

길을 가는 사람들이 더 잘 살고 행복한 삶을 사는 것 같습니다.

자신에게 기회가 없었다고 한탄하는 사람에게는 기회가 오지

않았던 것이 아니라,

스쳐가는 일상에서 기회를 포착할 안목이 없었을 뿐입니다.

지혜로운 사람은 자기가 좋아하는 것만 들으려 하지 않고,
내게 필요한 것이 무엇인지도 고민하고 끊임없이 찾으려 합
니다.

불가능한 것을 가능하다고 생각하는 사람은 망상가이고,
가능한 것을 불가능하다고 생각하는 것은 무지하거나 겁쟁이
입니다.

백이 없는 사람은 자신만의 힘만으로
세상에서 성공할 기회를 얻은 사람입니다.

불만이 습관화된 사람은 모든 일에 불만거리를 끊임없이 찾
아내려고 노력하고,
만족이 습관화된 사람은 모든 일에 만족거리를 찾아냅니다.

어제의 잘못을 반성하지 못하면 오늘도 잘못 산 것이고,
어제의 잘못을 반성한다면 어제는 오늘의 성숙을 위한 좋은
밑거름이 된 것입니다.

스포츠에는 금메달 은메달 동메달
이 있지마는 인생의 경주에는
모두가 금메달이 될 수가 있습
니다.

아마추어는 일이 시작되기 전에는 여유롭고 시작되면 바쁩니다.

프로는 일이 시작되기 전에는 바쁘고 시작되면 여유롭습니다.

프로는 준비를 잘하기 때문에 좋은 결과를 내는 것입니다.

자신은 재능이 없다고 생각하는 사람은

아직 자신이 재능이 있는 분야에 맞닥뜨려 보지 못한 사람일

뿐입니다.

요즘은 기인이란 없습니다.

각기 다양한 생활방식의 사람들이 사람 수만큼 있을 뿐입니다.

커피 잔은 위에서 보면 동그랗고, 앞에서 보면 직사각형입니다.
다양한 면을 보기 전에는 동그랗다, 직사각형이다, 한 면만
가지고 커피 잔을 판단합니다.
그러나 직접 해보아야지만 다양한 모습을 볼 수가 있습니다.

모든 사람이 당연하다고 말하는 것을
정말 당연 것이 맞나 라고 다시 한 번 질문을 던져보는 것이
창의성입니다.

지루한 일상에 젖은 사람에게 시간은 죽여야 할 대상이지만,
열정적인 삶을 살아가는 사람에게는 불태워야 할 대상입니다.

○

사소한 일에 자신을 낭비하면 정작 중요한 일에 대처할 힘이
남아 있지 않게 됩니다.

○

경험에서 배우지 못하는 건 그건 경험이 아니라 무의미한 시
간의 흐름일 뿐입니다.
무의미한 경험은 무경험입니다.

○

경험을 통해 배운다는 건 미래에 비슷한 상황에서 좀 더 슬기
롭게 대처하게 만듭니다.

운명을 두려워하는 자에게는 두려운 인생 자체가 운명이고,
운명을 만들어 가려는 자에게 자신의 노력의 결과가 운명입
니다.

오늘의 운세를 재미로 보면 현재에
즐거움이 되지만,
오늘의 운세를 운명으로 보면 미
래의 모습은 지금 모습을 넘어설
수가 없습니다.

실수와 시행착오 없이 성공하겠다
는 건 숟가락질하지 않고 배를 채우
겠다는 생각과 똑같습니다.

인생은 삐뚤삐뚤 둘러 가봐야지 바로 가는 법을 깨우치고, 돌부리에 걸려 넘어져봐야지 돌부리에 넘어지지 않는 법을 배울 수 있습니다.

과거의 실수를 아쉬워하지 마세요. 그것은 과거에 최선을 다한 결과였고, 어쩔 수 없는 선택이었으니까요. 현재에 과거를 아쉬워한다는 건 과거의 실수를 반복하지 않을 만큼 성장했다는 이야기입니다.

인생을 살아가다 옆길로 빠진다고 나쁘지만은 않습니다.
옆길이 어떤지 경험을 하지 않았습니까?

미친 짓 한다는 소리 안 들어본 사람은

열정적인 삶을 단 한 번도 살지 않았다는 말입니다.

삶이 권태롭고, 공허하다면 이제 한번 미칠 때가 되었다는 신

호입니다.

운으로 성공한 인생은 운이 없어서 망합니다. 하지만 실패를

통해 이룩한 성공은 실패를 통한 경험이 있기 때문에 쉽게 망

하지 않습니다.

성공은 성공할 만한 실력이 될 때 이루어지는 것 입니다.

실패는 그 역량을 키우는 가장 좋은 기회일 뿐입니다.

처음부터 위대하게 태어나는 사람은 없습니다.

평범한 사람이 평범함을 뛰어 넘는 위대한 도전을 해서 성취하였기 때문에 위대한 사람이 되는 것입니다.

사람은 처음부터 자신의 잠재능력을 신뢰하지 않습니다.

자신의 잠재능력은 새로운 문제에 봉착했을 때 비로소 발현되고, 문제를 훌륭히 해결해야 비로소 자신의 능력을 신뢰하게 됩니다.

어려운 일은 쉬운 일처럼 편안한 마음으로 하고, 쉬운 일은 어려운 일처럼 신중하게 하세요.

인생에서 이룬 것만 가치 있는 것이 아니라 이루지 못한 것도 충분한 가치가 있습니다.
이루지 못한 것들이 이룬 것의 이루기 위한 밑거름이 되었기 때문입니다.

인생은 늙어서 좋은 결과를 내기 위한 게임이 아닙니다. 현재의 순간순간을 기쁨으로 채우는 과정의 연속일 뿐입니다.

꿈이란 보이는 무대에서의 화려함을 쫓아가는 것이 아니라.
연습실에서의 피와 땀을 통해 성취되는 것 입니다.

가장 나다운 것이 가장 강력한 사회적 경쟁력이 됩니다.

성공해야겠다고 열심히 하지만, 과정이 즐겁다면 오래지 않
아 그 과정 자체가 진정한 성공임을 깨우칠 것 입니다.

자신이 좋아하는 일과 자신에게 맞는 일은 골방에서
생각으로 찾아지는 것이 아니라 세상과 현장속의 부딪힘으로
찾아지는 겁니다.

도전이 두려운가요? 아님 자신을 설레게 하나요?

결과에 대한 두려움이 자신을 주저하게 만들면 도전하지 말고, 과정의 즐거움이 자신을 설레게 한다면 도전하세요.

100% 준비되면 하겠다는 것은 하늘나라 가서 시작하겠다는 겁니다.

도전하는 것은 인간의 길이요 삶의 진리요 생명의 본성입니다.

노력도 안 하고 결과만 좋아지기를 바라는 사람은 게으름뱅이고, 열심히 노력해도 결과가 안 좋은 것을 힘들어 하는 사람은 욕심쟁이입니다.

직업에는 귀천이 없습니다. 자신이 해서 즐거우면 귀한 직업입니다. 그러나 월급의 차이는 있을 수 있습니다.

66

사람과의 관계에서 자꾸 계산하게 된다는 것은
상대가 자신에게 그만한 가치가 없다는 반증입니다.
정말 사랑하는 사람들 사이에서는
계산을 하지 않습니다.

99

사랑 이해하기

남남이라는 것은 0%를 소유한다는 것이고, 사랑한다는 것은 50%를 소유한다는 것이고, 집착한다는 것은 100% 소유하려는 것입니다.

미모가 예쁜 여자는 남자의 관심을 끌지만, 그 관심을 유지하는 것은 마음이 아름다운 여자입니다.

우연한 만남과 결혼 사이에는 뜨거운 사랑이 있습니다.

사랑이란 긴 인생의 여정에서 잠시 거쳐 가는 꽃길과 같습니
다. 환상적인 체험이 있고, 이성을 마비시키는 흥분이 있는
아름다운 길. 그래서 우리는 지루한 여정 속에서 늘 꽃길로
일탈을 꿈꿉니다.

있는 그대로를 인정하는 것은 사랑이고, 자신의 입맛에 맞게 변화시키려고 하는 것은 강요입니다.

사랑의 아픔을 생각으로 지우겠다고 말하지만, 그건 지우겠다고 지워지는 건 아닙니다. 마음에서 스스로 우러나는 것이기 때문이다. 생각의 역할은 사랑의 경험을 아픔으로 해석하느냐, 아니면 좋은 인생경험으로 해석하느냐의 문제입니다.

예쁘다고 반드시 아름다운 것은 아닙니다. 예쁜 것은 외면적인 것만을 지칭하지만 아름다운 것은 내면과 외면의 종합적인 판단입니다. 예쁘지는 않더라도 내면의 아름다움이 외부로 드러난다면 그것은 아름다움입니다. 예쁜 것은 사람의 감각을 자극하지만, 아름다운 것은 사람의 마음을 감동시킵니다.

남자가 첫눈에 반했다는 건 사람에 반했다는 것이 아니라
미모에 반했다는 것입니다.

사랑이 밥 먹여주지 않습니다,
하지만 사랑은 밥 먹고 살아야 하는 이유는 됩니다.

많은 연애경험은 이성에 대한 깊은 이해와 이성을 바라보는
안목을 높여줍니다.
결혼은 그런 안목이 갖추어졌을 때 하는 것입니다.

○

자신에게 맞는 이성은 가면을 쓰지 않는 자신의 모습 그대로
를 인정해주고, 사랑해주는 사람을 찾으세요. 그렇지 않으면
평생 답답한 가면 속에서 살아가야 합니다.

○

결혼은 해도 후회, 안 해도 후회라고 하더군요. 그러나 현명
한 사람은 후회 없는 솔로로 살거나 또는 후회하지 않을 상대
를 고릅니다.

○

내가 상대를 사랑할지 말지를 선
택할 자유가 있듯이
상대에게도 그럴 자유가 있음
을 인정해 주세요.

결혼이나 연애는 상대방에 대한 기대치가 높으면 높을수록
헤어질 확률이 그만큼 높아집니다. 주고 싶은 것이 많으면
많을수록 헤어질 확률이 그만큼 줄어듭니다.

결혼은 미혼자에게는 쟁취해야 할 목표이고, 기혼자에게는
탈출의 대상이라고 하더군요.

경험이 많으면 실수하지 않듯이,
이성도 많은 사람을 만날수록
사람을 보는 안목이 높아집니다.

아무리 노력해도 안 되는 사랑을 포기한다고 이야기하지만, 그건 포기가 아니라 자신과 맞지 않는 사람이라는 결론을 인정하는 것뿐입니다.

나에게 이별통보한 사람에게 헤어질 때 "그동안 같이 지내줘서 고마워"라고 웃으면서 보내줘 보세요. 그러면 그 사람은 뒤돌아서는 순간부터 이별통보를 후회하게 될 것입니다.

사랑이 힘들고 괴롭다면 상대방은 자신과 맞지 않은 사람일 가능성이 농후합니다. 모든 좋은 인간관계는 물 흐르듯이 자연스럽게 관계가 깊어지기 마련이니까요.

설렌다는 건 항상 옳습니다.
이성에 대해서건, 일에 대해서건….

막상 소풍 가는 것보다 소풍 가기 전날이 오히려 더 행복합니다.
사랑도 마찬가지가 아닐까요.

사람은 외로울 때는 사랑을 꿈꾸고, 사랑을 할 때는 자유를
꿈꿉니다.

그러면 사랑을 할 때는 외로움에 사무칠 때를 생각하며 감사
하며, 외로울 때는 자유롭다고 생각하면 항상 감사할 수 있지
않을까요?

사랑의 상대방은 말하고 표현한 것만을 이해할 수 있는 인간
이지, 말하지 않아도 모든 것을 다 알 수 있는 전지전능한 신
이 아님을 인정하세요.

상대에게 뭔가 자꾸 주고 싶으면 사랑.

상대에게 뭔가 자꾸 받고만 싶으면 사랑을 가장한 공짜본능
입니다.

가는 사람 잡지 마세요. 나하고는 안 맞는 사람이니, 설사 한 번 잡았다 하더라도 얼마 못 가서 또 가게 되어 있습니다.

사랑은 처음에는 감정이 덧입혀져서 상대의 장점만 보이지만, 시간이 지나 감정이 벗겨지고 단점이 보이기 시작하면 진정으로 그 사람에 대해 알기 시작했다는 것을 의미합니다.

몸의 거리가 좁혀지면 마음의 거리도 좁혀집니다.

무언가를 받아서 기쁜 것이 아니라 줄 수가 있어서 기쁜 것이
사랑입니다.

사람과의 관계에서 자꾸 계산하게 된다는 것은
상대가 자신에게 그만한 가치가 없다는 반증입니다.
정말 사랑하는 사람들 사이에서는 계산을 하지 않습니다.

상대가 원할 것이라는 나의 생각과 상대가 진정 원하는 것의
차이에 의해 오해가 생깁니다.

사랑은 경험 이전에 정의되는 것이 아니라 경험 이후
이해되는 것입니다.

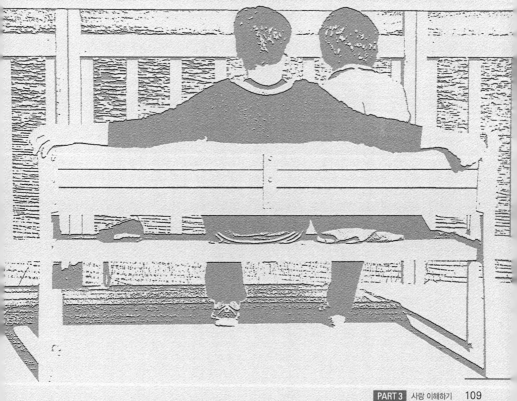

사람과의 인연이 틀어지는 것은 각자 살아온 삶의 방식으로 서로 간에 소통이 안 된다는 말입니다.

대화가 통하지 않는 사람과의 사랑과 우정은 일시적인 환각 상태의 감정일 뿐입니다.

사랑은 순수한 감정만의 문제가 아닙니다. 지성적, 인격적 신뢰 위에 서있을 때 지속될 수 있습니다.

컵라면으로 끼니를 때우는 사람이 다른 사람에게 뷔페를 사주어도 기쁜 것은 사랑의 힘 때문입니다.

사랑을 할 때는 나의 진심만 확인하려 하지 말고, 그것이 진정 상대가 위하는 것인지를 확인하세요. 그렇지 않으면 사랑이 아니라 폭력이 될 수도 있답니다.

상대에 대한 배려는 자신의 마음을 감추어서 숨기는 것이 아니라 상대의 마음을 있는 그대로 존중해주는 것입니다.

사랑은 나와 다른 사람을 좀 더 깊이 이해하게 하는 인생의 중요한 공부 과정입니다.

사랑은 물리적인 두 개체인 남자,
여자를 화학적 결합을 통해서 하나의 연인으로
재창조 되는 과정입니다.

자신에게 맞는 배우자인지 알아내는 제일 좋은 방법은 자신의 일상의 삶의 모습을 꾸밈없이 보여주는 것입니다.

상대방이 받아들인다면 계속 관계를 유지할 것이고, 받아들이지 못한다면 떠나게 될 것입니다. 가면을 쓰고 만나서 결혼 이후 이혼하는 것보다 낫지 않을까요?

사람의 겉모습만 보고 사랑을 하는 사람은 사람의 내면의 모습이 나와의 관계에서 어떤 영향을 미치는지를 많은 경험해 보지 못한 사람입니다.

사랑을 잃은 상실감이 엄청나게 크다는 건
그 동안의 삶이 자신의 삶보다는 타인 의존적 삶이었다는
반증입니다.
타인 의존적인 삶은 늘 힘들고 피곤한 법입니다.

나의 프러포즈를 거절한 여자에게 감사한 마음을 가지세요.

내가 어떻게 프러포즈를 하면 여자에게 거절당하는지

가르쳐 주었으므로

나에게 이별통보를 한 여자에게 고마운 마음을 가지세요.

내가 어떻게 행동을 하면 여자가 이별을 원하는지

가르쳐 주었으므로

나를 사랑하는 여자를 더 사랑해 가지세요.

내가 어떻게 행동하면 여자에게 사랑 받는지 가르쳐 주었으므로

별 남자 별 여자 없다는 걸 뻔히 알면서도

내 앞에 앉은 사람은 뭔가 특별한 존재일거라는 환상을

일으키게 만든 것이 사랑이라는 환각제입니다.

사랑은 상대에게 많은 것을 기대하면 상대에게 짐이 되어서 관계가 힘들어지고, 상대에게 많은 것을 베풀면 상대에게 힘이 되어서 관계가 좋아집니다.

사랑에 대한 아픔은 현재형일 뿐이지, 미래에서 보면 미소지을 수 있는 추억입니다.

첫눈에 반했다는 건 지금의 상대를 좋아하는 것이 아니라, 자기의 이상형을 덧입힌 상대를 좋아한다는 것입니다.

사랑은 우울함과 고통의 마음을 치워내고 기쁨과 설렘으로 그 자리를 채우게 만드는 힘이 있습니다.

상대의 장점만을 보지 않고 상대의 단점도 보고 그 단점을 포
용할 수 있을 때 결혼을 한 사람은 힘든 결혼생활과 이혼할
확률이 훨씬 적어집니다.

위로는 많이 해줄수록 다른 사람에게 힘이 되지만,
위로는 많이 받으려고 할수록 채움 받지 못해서 늘 힘들어집
니다.

사랑을 할 때는 마음을 생각으로 필터링하지 말고,
그냥 내뱉으세요.

외로움에 처절하게 사무친 자만이 이성을 향한 강한 프러포
즈를 감행할 수가 있습니다. 이처럼 결핍은 채움을 위한 강한
에너지가 될 수가 있습니다.

사랑의 대상은 사람만이 아니라 일하는 것일 수도 있고, 취미
가 될 수도 있습니다.
사랑의 대상을 분산시키면 상대에 대한 기대치가 낮아져서
오히려 불만이 줄어듭니다.

추억은 그 당시에는 하나의 일상적인 사건일 뿐입니다. 시간이 지난 후에 반추할 때 비로소 추억이란 이름으로 자리매김되는 것입니다.

66

다른 사람과의 소통이 완전히 단절된

폐쇄도 문제지만,

완전히 개방만 하고 있는 것도 문제입니다.

다른 사람과 단절된 상태에서만

비로소 자기 자신과 소통할 수 있기 때문입니다.

99

인간관계 회복하기

아무리 좋은 내용의 말이라도 말투가 거칠면 상대방은 내용보다는 말투로 인해 기분 상해질 수가 있습니다. 좋은 말은 좋은 내용뿐만 아니라 공손하고 부드러운 표현과 함께 할 때입니다.

사람에 대한 평가는 주식과 같습니다.
떠도는 루머에 폭락, 폭등했다가 시간이 지난 후에 본질적 가치에 수렴됩니다.
주변 평가에 일회일비할 필요 없습니다.

사회생활에서 만나는 사람들은 나와 100% 맞는 사람은 없습니다. 새로운 사람을 만나면 나와 다른 점을 먼저 찾지 마시고, 나와 공감할만한 것은 무엇인지, 무슨 대화를 하면 저 사람과 친해질 수 있는지를 먼저 찾아보세요. 그러면 대부분의 사람과 원만한 관계를 유지할 수가 있습니다.

남들에게 음식을 얻어먹으면 배가 채워지지만 남들에게 베풀면 마음이 기쁨으로 채워집니다.

사람은 본래 외로운 존재라는 걸 인정하면 삶에 대한 기대치가 낮아져서 조금의 사랑에도 더 감사할 수 있고, 외로운 상황이 와도 덜 힘들 수가 있습니다.

모든 사람과 친한 사이가 되려고 하는 건 욕심일 뿐입니다. 평생을 살면서 3명의 진정한 친구를 만들면 인생은 성공한 것입니다. 그러니 주변에 친구가 많이 없다고 힘들어 하지 마세요.

인간관계에서 조금 손해를 보면 신뢰라는 큰 이익을 얻을 수 있습니다.

집에서 한 달만 놀아보면 직장생활이 반드시 돈만 벌기 위한 것이 아니란 걸 절실히 느낄 수가 있습니다.

세상에서 제일 무식한 사람은 타인의 잘못의 근거를 카더라 통신과 루머에서 찾는 사람입니다.

미운 사람에게 좀 더 큰 사랑을 주면, 미운 사람은 옆에서 도움을 주는 친구로 변해있을 겁니다.

가까이 있는 사람에게 기쁨을 전해주지 못하고,

먼 곳에 있는 사람들만 기쁘게 해주려는 사람은 가면을 쓰고

살아가는 사람입니다.

과거 자신이 사랑했던 사람이 어떤 사람이었는지
곰곰이 생각해 보세요.
그런 사람이 되면 다른 사람에게 사랑을
받을 수가 있을 것입니다.

남에게 도움을 주었는데 감사를 못 받았다고
섭섭하게 생각하지마세요.
스스로 기쁨을 느꼈다면 많은 것을 얻은 것입니다.

타인에게 감동을 주면 자신에게는 희열을 느끼게 해줍니다.

지위가 높기 때문에 따르는 사람은

그 지위에 아부하는 사람이고

인격이 훌륭해서 따르는 사람은

그 사람을 존경하는 사람입니다.

공짜가 지속되면 권리가 될 수가 있습니다.

상대의 권리주장에 끝까지 수락할 자신이 없으면 권리가

되기 전에 자연스럽게 공짜를 줄이세요.

나를 낮추는 것이 나의 이익을 위한 것이라면 아부이고,

나를 낮추는 것이 타인을 위한 존중이라면 겸손한 것입니다.

다른 사람과의 소통이 완전히 단절된 폐쇄도 문제지만, 완전히 개방만 하고 있는 것도 문제입니다. 다른 사람과 단절된 상태에서만 비로소 자기 자신과 소통할 수 있기 때문입니다.

다른 사람과 친해지려고 자신을 포장하지 마세요. 자신의 맨 얼굴로 친해질 수 없는 사람은 자신과 어울리지 않는 사람입니다.

인간관계의 갈등은 필히 문제가 누군가에게 있습니다.
내가 문제가 있던가, 아님 타인이 문제가 있던가,
문제에 정확한 분석을 하고 가야지 다음에는 갈등을 피할 수 있습니다.
내가 잘못했으면 반성하고, 타인이 문제이면 '저런 사람도 있구나'라고 생각하고 다음부터 현명하게 대처할 수 있습니다.

조금의 노력을 하면 다른 사람들은 가식을 의심하지만,
길고 꾸준한 노력을 하면 다른 사람들은 진정성을 인정합니다.

'감사해요, 사랑해요'라는 말을 억지로 하면
내 마음은 기쁨이 없습니다.
그러나 그 말 때문에 미소 짓는 상대방의 모습 때문에
없던 기쁨도 생깁니다.

돈만 얻으려고 하면 사람을 잃지만 사람을 얻으려 하면 사람
과 돈을 같이 얻을 수 있습니다.

베푼다는 것은 남을 위한 것만은 아닙니다. 베푸는 자신을 바
라보면 빛을 발하는 존재가치를 느낄 수가 있습니다.

사람에 대한 기대가 없으면 실망도 없고 상처도 없습니다.
모든 사람에게 기대를 안 하고 살수는 없겠지만, 기대를 할
만한 사람과 그렇지 않은 사람을 구별해내는 안목이 지혜로
움입니다.

사람에 대한 기대치를 낮추면 인간관계의 만족도는
올라갑니다.

사람의 매력은 억지로 드러내는 것이 아니라
자연스럽게 드러나는 것입니다.

부족한 사람과 수준미달의 사람은 다릅니다.
가장 큰 차이점은 부족한 사람은 자신의 부족함을 알고 있어
서 늘 겸손하지만,
수준미달의 사람은 부족하다는 사실을 인정하지 않아서 늘
오만합니다.

다른 사람을 무시하는 사람은 무시하는 행동을 통해
자신이 강하다는 것을 드러내고픈 본능이 있는 경우가 많습
니다.

고집 센 사람은 고집을 꺾으려 하지 말고, 그 사람을 고집스
럽게 만든 마음의 응어리를 풀어주면 원만한 관계를 유지할
수가 있습니다.

사람은 가까이 있는 것에 대해서는 단점만 찾고, 멀리 있는
것에 대해서는 장점만 봅니다. 사람은 가까이 있는 것의 모난
점을 주목하고, 멀리 있는 것들의 아름다움만 주목합니다.

내가 이해되지 않는 사람에게는 내가 이때까지 몰랐던 배울 거리가 있는 경우가 많습니다. 무조건 외면하지 말고 무엇이 나와 다른지 세밀히 분석해보세요.

인간관계가 좋아지는 비결은 사랑을 주면 언젠가는 사랑으로 받는다는 사실을 포기하지 않는 것입니다.

사랑을 얻으려면 많이 주는 것이 아니라 신뢰를 주어야 하는 것입니다.

자신이 미워하는 다른 사람을 볼 때 자신의 마음도 들여다보세요.

싫어하는 자신의 모습을 인정하기 싫어서 다른 사람을 미워하지 않는지를.

사람의 취향은 각기 다릅니다.

나를 멀리하거나, 관심 없어 하면 저 사람은 '나 같은 스타일은 좋아하지 않는구나'라고 생각하면 마음이 편해집니다.

속이는 사람은 인간성이 삐뚤어진 것을 반성해야 하고,

속임을 당하는 사람은 세상물정 모르는 것을 반성해야 합니다.

타인에 대한 친절도 습관들이기 나름입니다.

처음에는 어색해도 자꾸 의도적으로 하다 보면 나중에는 자

연스럽게 되고,

결국에 친절이 습관화 되는 것입니다.

태어날 때부터 친절을 타고난 사람은 세상에 없습니다.

자신과 껄끄러운 사람에게 유머 한마디 해줘 보세요.

그 사람이 웃는 순간부터 껄끄러운 관계가

서로 만나면 웃는 관계로 새 출발하게 될 겁니다.

다른 사람과 의견을 달리하고 생각의 다름이 서로 부딪힐 때도 있습니다.

그러나 그런 사람을 감정적으로 미워하지 않고 그것이 다른 사람에게도 전해진다면

최소한 그 사람과 적이 되지는 않습니다.

이것이 자신의 소신도 지키고 인간관계도 틀어지지 않게 하는 방법입니다.

진짜 좋은 친구는 혼자 있을 때 그 사람을 생각하면 미소 짓게 만드는 사람입니다.

사람은 본래 외로운 존재라는 걸 인정하면 삶에 대한 기대치가 낮아져서 조금의 사랑에도 더 감사할 수 있고, 외로운 상황이 와도 덜 힘들 수가 있습니다.

남들 앞에서 망가져도 스스로 부끄럽지 않으려면 마음의 중
심은 망가지지 않아야 합니다.

단 둘이 앉아있을 때 최고의 노 매너는 입을 다물고 있는 것
입니다.

다른 사람의 몇 마디 말과 행동이라는 현상을 통해 그 사람의 본질을 파악하려고 노력해보세요. 그걸 알면 다른 사람이 다른 상황에서 어떻게 행동하고 말할지를 예측할 수가 있을 것입니다. 그것이 예측 가능하면 갈등을 미연에 방지할 수가 있고 원만한 인간관계를 형성할 수가 있습니다.

타인에게 피해주지 않는 한도 내에서 자신이 네모난 모양이든 동그라미 모양이든 생긴 대로 살면 됩니다. 하지만 다른 사람에게 '네모난 모양이 되어야 한다, 동그라미 모양이 되어야 한다'라고 강요하는 건 인간에 대한 폭력입니다.

꽃이 화려하면 당장 수많은 꿀벌들이 몰려듭니다.

하지만 정작 그 꽃 안에 꿀이 없다면 잠시 머물다가

다른 꽃으로 날아가 버릴 것입니다…

사람의 경우에도 마찬가지입니다.

겉이 화려하면 많은 사람이 몰릴지 모르겠지만

내면의 아름다움이 없다면 사람들은 잠시 머물다가 떠나가게

될 것입니다.

세상을 살면서 가장 큰 인간관계의 깨우침은

내가 먼저 관심을 가져주고, 내가 먼저 사랑을 베풀어 주면

나를 미워하는 사람이 없다는 사실입니다.

소통을 잘한다는 것은 나의 기준이 아니라 상대방을 기준으로 공감할만한 주제, 공감할만한 표현으로 소통하는 것입니다.

누군가 사랑을 먼저 던져 주지는 않습니다.
먼저 사랑을 베풀든지, 아니면 사랑 받을 행동을 하든지 둘 중에 하나입니다.

식당의 인테리어나 위치는 비본질적인 것입니다.
제일 중요한 건 음식의 맛으로 평가 받습니다.
사람의 입는 옷, 머리스타일은 비본질적인 것입니다.
제일 중요한 건 내면의 아름다움으로 그 사람은 결국 평가 받습니다.

나에게 감정이 좋지 않은 사람은 대개 나의 말이나 행동을 오해해서 생긴 경우가 많이 있습니다. 이런 경우 제일 좋은 방법이 "너에게 나쁜 감정 없다"는 것을 행동으로 보여주는 게 제일 낫습니다.

먼저 인사한다던지. 만나면 농담 한마디 건넨다든지.

돈 거래는 친구 사이를 갈라지게 한다는 고정관념이 있습니다. 그러나 자본주의 사회에서 친구가 어려울 때 돈을 빌려주지 않겠다는 건 아무 도움도 주지 않겠다는 말과 진배없습니다. 친구에게 받지 않아도 될 만큼의 금액을 빌려주면 어떨까요? 친구도 덜 섭섭할 것이고, 나는 설사 못 받아도 마음이 상하지 않을 테니까요 인정받으려 하지 마세요.

다른 사람들은 우리의 마음을 몰래카메라로 보는 것처럼

뻔히 보고 있으니까요.

단지 자신만 타인이 모를 것이라고 착각하고 있습니다.

타인을 향한 미움은 부메랑처럼 나에게로 날아와 마음에

꽂혀 상처를 남기고 오랫동안 고통스러움을 안겨줍니다.

내가 나를 인정하고 있으면 남들도 자연스럽게 나를 인정하

기 시작합니다.

인간관계를 잘하는 방법은 자신의 주장을 먼저 펼치려고만

하지 말고, 상대방에게 자신의 대한 신뢰를 먼저 심어주는 것

이 우선입니다.

인간관계에서 원리원칙만 따지는 사람들을
다른 사람들은 인간의 탈을 쓴 컴퓨터로 생각합니다.
그리고 필요할 때만 찾아 와서 클릭질 하죠.

타인의 비난에 마음이 흔들리지 않는다면 그 타인과의 관계
에서 승리한 승리자입니다.

감정적으로 힘들어 하는 사람에게는 공감과 위로를,
감정이 가라앉아 있다면 부드럽게 이성적인 충고를 해주세요.
무조건 공감과 위로만 해주면 상대방은 늘 위로만 구하는 유
약한 사람이 됩니다.

타인이 나에게 준 상처와 타인에 대한 미움은 생각하면 생각할수록 더 집착하고 증폭되는 경향이 있습니다. 차라리 다른 것으로 관심을 돌린 후에 마음이 안정되고 난 뒤에 그런 감정을 정리하는 게 더 낫습니다.

나의 기준으로 다른 사람을 평가하고 재단하려 하지 마시고,
나의 기준 자체를 먼저 들여다보는 연습을 해보세요.
기준 자체가 삐뚤어져 있지 않은지를.

좋은 리더는 부하를 혼자서 이끌고 가는 것이 아니라, 부하 스스로가 자기 자신을 끌고 가게 만드는 사람입니다.

소통을 잘한다는 것은 소통이 되지 않는 사람과는 과감히
소통을 포기하고,
소통이 되는 사람과 소통을 하면 됩니다.

누군가 당신에게 경쟁의식을 가진다면 당신은 그 누군가에게
실력 있는 존재로 인정받았다는 증거입니다.

그 사람의 성품은 새로운 사람과 만날 때가 아니라
만나는 사람과 헤어질 때 어떻게 헤어지느냐로 판가름납니다.
모든 만남은 마무리를 잘하면 좋은 만남으로 기억될 수가 있습니다.

타인이 자신에게 얼마나 가치 있는 존재인지는 가까이 있을 때에는 알기가 어렵습니다.

비로소 떨어져 있을 때 그 사람이 얼마나 가치 있는 존재인지 알 수가 있습니다.

다른 사람의 행동과 생각을 바꾸려 하지 마세요.

수십 년이란 시간 동안 형성 되어온 사고방식과 가치관에 기인한 그 사람의 생각이 타인의 한마디에 바꿀 수 있으리란 것은 기대가 아니라 망상일 뿐입니다.

싸울 확률 50%, 생각이 바뀔 확률 0.0001% 어느 것을 선택하시겠습니까?

말은 머릿속에 조금 머물게 한 뒤에 입으로 내뱉어야 합니다. 거침없이 입에서 튀어져 나온 말은 배려의 필터링을 거치지 못해서 타인에게 상처를 주는 경우가 많이 있습니다.

자신에게 상처를 준 타인에게 복수를 할 필요는 굳이 없습니다. 자신이 잘못한 게 없다면 그 사람은 또 다른 타인에게 복수의 앙갚음을 당하는 중일 테니까, 그게 세상의 인과법칙입니다.

자신이 실력이 있으면 굳이 인정을 받으려 노력하지 않아도 주변에서 먼저 인정을 해줍니다. 왜 나를 인정해주지 않느냐 따지지 말고, 스스로에게 물어볼 일입니다.

그 사람의 가면을 벗은 본래 모습은 자기가 편하게 대하는 사람에게 어떤 행동을 하는가 보면 알 수가 있습니다.

타인의 사랑을 받아야지만 밝은 얼굴이 되지 마시고, 밝은 얼굴이 타인의 사랑을 불러일으킵니다.

대화의 독점은 대화가 아니라 연설일 뿐입니다

타인에게 자극을 주지 못하는 사람은 타인에게 나른함만 안겨 줄 뿐이고, 유머가 있는 사람은 타인에게 긍정적인 자극을 안겨 줄 수가 있습니다.

현재 자기를 넘어서는 가장 좋은 길은 자신이 생각하지 못한 것을 말하는 사람과 소통하는 것입니다.

뻔한 이야기를 하면 상대는 뻔한 사람이라고 치부합니다.
그러나 새롭고 창의적인 이야기를 하면 다시 만나고 싶은 친구로 생각합니다.

10초 동안의 좋은 말은 상대방의 가슴에 10년 동안 머물게 할 수도 있습니다.
그리고 그 말이 머물러 있는 동안 좋은 사람이라는 이미지로 각인되게 할 것입니다.

용서는 강자만이 할 수 있는 것 있습니다. 여기서 강자란 마음이 넓은 사람을 의미합니다.

주변에 사람이 없으면 외롭고, 많은 사람과 함께 있어도 마음이 맞는 사람이 없으면 훨씬 더 외롭습니다.

타인의 진실 아닌 말에 발끈하는 것은 거짓의 힘을 믿는다는 것입니다. 진실은 승리하게 되어 있다는 것을 믿으세요.

타인의 생각을 확인 전에 결정하는 것이 선입견이고, 들은 이후 결정하는 것은 이해입니다.

남을 돕는다는 것은 자신의 존재가치를 확인하고, 자신을 사랑할 수 있게 해줍니다.

사회생활을 하면서 미워하는 사람이 많이 보인다면
자신이 사람을 바라보는 관점을 돌이켜 보아야 합니다.
그 사람의 단점만 예의주시하지 않는지를.
그 사람의 장점도 같이 바라본다면 친한 친구는
되지 못할지언정, 적으로 만들지는 않을 겁니다.

친구를 많이 만드는 것은
나에게 기쁨을 더 많이
느끼게 하고, 적을 많이
만드는 것은 나에게 슬
픔을 더 많이 느끼게 해
줍니다.

다른 사람에게 사랑 받는 방법은 간단합니다.

자신이 사랑할 만한 타인의 행동을 자신이 타인에게 행동으로 보여주면 됩니다.

잘 모르는 사람 앞에서 너무 많은 말을 안 하는 게 낫습니다. 아무리 옳은 이야기라도 상대에 따라서 인정을 안 하는 경우가 많고 그것이 갈등의 원인이 됩니다. 항상 말을 할 때는 말이 옳으냐만 생각하지 마시고 상대가 받아 줄 수 있나 라는 것도 생각해야 합니다.

세상은 99%의 자신과 맞지 않는 사람과 1%의 자신과 맞는 사람으로 이루어져 있습니다.

66

엄마가 정서적으로 안정되어야지
아이도 평안해집니다.
최고의 자녀양육은 물질적 풍족함이 아니라
부모의 정서적 안정입니다.

99

가족관계 형성하기

부모가 아이에게 무언가를 억지로 시키지 말아요.

억지로 뭔가를 시킨다는 것은 100% 부모의 욕망의

발현입니다.

아이가 좋아하는 거라면 억지로 시킬 필요 없이,

아이가 스스로 할 테니까 억지로 시킬 필요도 없겠죠.

단지 아이가 좋아할만한 것을 권유해보는 것이 괜찮겠죠.

아이들에게 결과가 좋아서 해주는 칭찬보다는 시작하기

전에 열심히 해보라고 하는 격려가 아

이들에게 더 힘이 됩니다.

아이에게 실수를 했다고 화를 내는 것은 세상 공부를 할 수 있는 기회를 박탈하는 것과 마찬가지입니다. 실수를 통해서 배운 것은 평생 잊히지 않는 산지식이 됩니다.

부모는 아이의 삶의 모델입니다. 그대로 따라 배우는 게 아이들입니다. 부부 사이나 아이들과의 관계에서 짜증내고 화를 낸다면 아이들도 그대로 따라 배우고, 그게 습관이 되면 아이의 성격으로 자리 잡고, 성인이 되어서 부모에게 그렇게 대합니다. 자식농사는 콩 심은데 콩 나고, 팥 심은데 팥 납니다.

가족이 미워지나요? 코 흘릴 때 코를 닦아주던 언니의 모습, 다리 아프다고 업어주던 형님의 모습, 우리를 먹여 살리겠다고 밤늦게까지 일하던 부모님의 모습, 과거 어린 시절 함께 했던 가족과의 추억을 생각해보세요.

아동기는 성인이 되었을 때 독립적으로 생활을 영위할 수 있도록 훈련하는 기간입니다. 아이를 무조건 귀하게만 키우려는 것은 아이들의 미래를 망치는 어리석은 사랑일 뿐입니다.

부모님은 궁극적으로 우리가 행복하기를 제일 바라십니다. 그래서 부모님이 시키는 대로 무조건 하지 말고, 자신이 가장 원하는 것을 하는 것이 제일 큰 효도입니다.

어릴 때 부모로부터 사랑을 받는 경험은 자신을 사랑 받기에 합당한 존재로 확신시켜서 자존감 있는 아이로 성장시킬 수 있습니다. 아이에게 사랑받는 느낌을 갖도록 양육하세요.

아이는 부모가 정교하게 프로그래밍해서 움직이게 하는
로봇이 아닙니다.
아이는 아이 스스로가 삶을 설계해서 살아가도록 환경만
조성해주세요

기대를 너무 많이 가지면 아이는 기대에 부응해야 한다는 부담감으로 무엇이든지 주저하게 되고, 기대에 못 미칠 경우 자책을 합니다.

잔소리는 언어 공해이고, 일탈과 이유 없는 반항의
원인이 됩니다.

인간의 창의성 발전의 전제조건은 자발적 관심이어야만 합니다. 아이들에게 무엇을 자꾸 시키려 하지 마시고, 스스로 하고 싶은 것을 찾게 하고 그것에 흥미를 느끼도록 내버려 두세요.

부모의 진정한 사랑은 우리가 부모의 길을 가보면 얼마나 큰
사랑이었는지를 비로소 느낄 수 있습니다.

부모님들이 해준 것들을 다른 사람과 비교하지 마세요.
최고의 것들은 주지 못하였더라도 부모님은 최선의 것을 주
지 않았습니까?

엄마가 정서적으로 안정되어야지 아이도 평안해집니다.
최고의 자녀양육은 물질적 풍족함이 아니라 부모의 정서적
안정입니다.

가족의 큰 사랑은 가까이 있을 때는 작은 잘못에 가려서 안보
이지만 멀리 떨어지면 그제야 드러나기 시작합니다.

친구나 가족이 투덜댄다는 것은 위로해 달라는 신호입니다.

자식을 부모의 손아귀에만 두려고 한다면, 그 자식은 성인이 되어서 독립된 개체가 아닌 타인의 손아귀에 놀아나는 허수아비로 살게 만드는 겁니다.

66

최고의 도전은 자신의 생각의 고정된 틀을 깨고

그것을 뛰어 넘으려고 시도하는 것입니다.

99

사고의 혁신

과거에는 창의성이 역사책에 기록될 조건이었지만 현재는 생존의 조건이 되는 시대에 살고 있습니다.

어떤 상황에 흔들리지 않는다는 것은 맞닥뜨릴 일들에 대한 예측과 그 일에 대한 대응이 머릿속에 정리되어 있다는 것입니다.

자신의 유익한 경험은 이전에 경험해보지 못한 새로운 경험을 할 때 생깁니다.

역사책에 기록된 위대한 것들은 당대에는 허무맹랑하거나, 황당무계하지 않은 것이 없었습니다.

창의적 상상력은 남들이 생각해내지 못한 것을 생각하는 것입니다. 그것은 남들은 스쳐 지나치는 것들에 대해서 남들보다 더 오랫동안 머릿속에 넣어두고, 오랫동안 곱씹어 보는 것으로부터 시작됩니다.

인간은 익숙한 상황이 아닌 특별한 상황에서 생각하기 시작합니다.

그리고 오랫동안 기억되는 경험으로 축적됩니다.

그래서 새로운 것들에 대한 도전은 늘 많은 것을 배울 수 있는 기회가 됩니다.

사람은 생각의 혼란함을 딛고 성장합니다. 기존의 생각과 새로운 생각의 부딪힘. 그런 부딪힘이 있는 과정이 혼란함입니다. 혼란스럽지 않다는 말은 새로운 생각을 하지 않는 것이고 성장하고 있지 않다는 것입니다.

일상의 지루함은 정신에 자극이 없다는 말입니다.

끊임없이 정신적으로 자극을 불러일으키는 독서를 해보세요.

한결 삶이 풍성해집니다.

지식은 사물이나 현상의 본질을 아는 것이고, 지혜는 그런 지식을 우리 삶의 문제에 응용하는 능력입니다.

공부는 단순히 결론을 암기하는 것이 아니라 결론에 이르는 과정의 관점과 논리를 배우고 비슷한 상황에 응용하는 것입니다.

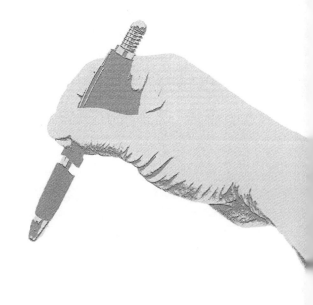

책을 읽고 질문하지 않으면 남의 생각을 뛰어 넘을 수 없고, 질문만 하고 책을 읽지 않으면 독선과 아집에 빠지기가 쉽습니다.

사람은 많이 알면 알수록 자신의 부족함을 느끼고, 모르면 모를수록 자신의 우월감을 느낍니다. 그래서 무식하면 용감하다는 말이 나오는 거겠죠.

관점의 변화는 세상을 바라보는 시각만 변화시키는 것이 아니라 자신의 삶을 바라보는 시각도 변화시키게 됩니다.

사람들은 대개 육신의 눈보다는 마음의 눈으로 본 것을 더 신뢰합니다.

문제를 바라볼 때는 자신과 생각이 다른 사람의 생각을
검토해보지 않고 결론을 내리면 편협한 생각에 빠지기가
쉽습니다.

관점이 바뀌면 세상이 다르게 보이고 자신의 대응도 달라집
니다.

설사 결론이 옳다하여도 그 결론을 도출해내는 이유나 논리
가 다 옳은 것은 아닙니다.
결론이 옳다고 그 과정을 전부 무시하는 사람은 미래에 잘못
된 결론을 내릴 가능성이 많아집니다.

문제를 바라보는 관점이 편협한 사람은 모든 문제를 편협한 시각으로 바라봅니다.
그래서 그 사람의 관점만 파악하면 그 사람의 다른 문제에 대한 판단을 예측할 수가 있습니다.

독서가 당장은 밥 먹여주지 않지만 멀리 보면 독서는 밥 먹여주는 것이 맞습니다. 그것을 보지 못하는 것은 단지 생각의 깊이가 짧아서 보지 못할 뿐입니다.

악을 추종하는 사람들은 두목의 말만 옳다고 생각 할 뿐이지 다른 관점에서 그것을 바라볼 지적 능력이 떨어지는 겁니다.

좋은 스승은 제자 앞에서 자신의 부족함을 인정하는 사람입니다.

자신의 부족함을 인정하고 늘 새로운 것을 모색하고 받아들이는 자세가 최고의 가르침이기 때문입니다.

익숙한 것을 잘하는 것은 누구나 할 수가 있지마는
익숙한 것을 다르게 보는 것은 아무나 할 수 있는 게 아닙니다.

최고의 도전은 자신의 생각의 고정된 틀을 깨고 그것을 뛰어넘으려고 시도하는 것입니다.

무슨 일이든지 질문을 만들어 보세요. 남들이 알려줘서 안 것은 머리에 잠깐 머물다가 사라지지만, 질문을 통해 얻은 것들은 오래도록 기억되고, 삶에 적용할 수 있는 산지식으로 남습니다.

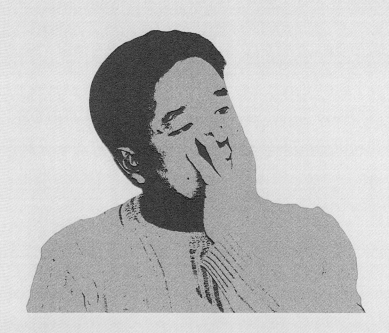

지구가 태양을 돈다고 말하는 건

지금은 상식이지만 400년 전에는 화형감이었습니다.

화형감이라고 세상 사람들이 겁주는 것을

틀리는 것이 아닐까 라고 고민해 보는 것이 창의성입니다.

세상에 100% 옳은 말만 하는 사람은 없습니다.

그리고 100% 틀린 말만 하는 사람도 없습니다.

누군가의 말을 100% 신뢰한다면 세뇌된 것입니다.

사람의 생각은 자신의 경험 속에 한계지어지지만, 그 한계를

부수게 해주는 것이 독서입니다.

가장 효율적인 공부는 실제 어떻게 사용될지를 알고 하는
공부입니다.
그래서 세상을 많이 알면 알수록 공부는 더 재미있고
열심히 잘할 수 있는 것입니다.

깨달음이란 모르는 것을 아는 것에 머무는 것이 아니라
그것이 가슴으로 처절하게 느끼는 것까지 도달해야 합니다.

백 번 말해주는 것보다 한번 보게 하는 것이
낫고, 백 번 보는 것보다 한번 경험하게 하
는 것이 낫습니다.

어떤 일의 장점만 생각난다면 잘못된 생각입니다.

어떤 일의 단점만 생각나도 잘못된 생각입니다.

세상사 모든 일은 장점과 단점이 공존하는 게 보편적입니다.

할지 말지의 결정은 장점과 단점을 비교하여

어느 쪽이 더 큰지를 보고 결정해야 합니다.

자신의 생각이 잘못 되었다는 걸 깨우친 적이 있다면 인생은
발전하고 있는 것이고, 자신의 생각이 잘못 되었다는 것을 깨
우친 적이 없다면 독선에 머물러 있는 것입니다.

우물 안의 개구리는 자신이 경험
한 우물이 자신의 생각의 한계입
니다. 책을 읽는다는 건 우물 밖
세상에 대해서 경험하고 자신의 생각을 그만큼 넓힌다는
것입니다.

인간은 환경의 영향을 벗어나기가 힘듭니다.

그래서 왜곡된 환경은 왜곡된 생각을 만들어 냅니다.

자기만의 왜곡된 생각을 다른 시각에서 바라볼 수 있게 하고,

허물 수 있게 도와주는 것이 독서입니다.

창의적인 것에 도전 할 때는 타인에게 물어볼 필요가 없습니다. 다른 사람들이 대개 알거나, 남들도 대개 경험해본 것은 창의적인 것이 아니니까요.

세상사 모든 문제는 장점과 단점을 모두 가지고 있습니다.

어떤 일이 100% 장점만 가지고 있다고 생각한다면 그것은 독선일 뿐입니다.

책을 통하여 사람은 타인의 생각과 감정을
이해할 수가 있습니다.
책을 읽는 사람은 타인에 대한 이해를 바탕에 둔
행동을 할 수가 있고,
책을 읽지 않으면 자신의 생각으로는 사랑이라고 행동하지만
타인에게 폭력이 되는 행동을 하는 경우가 많이 있습니다.

우리 눈에는 태양이 지구를 도는 것처럼 보입니다.
하지만 진리는 정반대입니다. 자신이 경험한 것, 자신의 눈에
보이는 것이 반드시 진리가 아닐 수 있습니다.

인간관계에서 배울 수 있는 것은 한계가 있습니다.
대부분 자신과 비슷한 부류의 사람들과 소통하기 때문입니
다. 그런 인간관계에서의 배움의 한계를 넘을 수 있게 하는
것이 책읽기입니다.

과거의 반역자는 주류적 생각과는
다른 생각을 가진 사람들이었지만,
현대의 반역자는 주류적 생각을 무조건적으로
주입하는 사람들입니다.

사람은 자신과 비슷한 사람들과 친하게 지냅니다.
그런 인간관계는 새로운 것들, 새로움 관점을 경험할 기회가
거의 없습니다.
진리화된 그 집단의 독선과 아집을
냉철하게 바라보게 하는 것이 책
읽기입니다.

고정관념이란 과거에 고정관념이었을 뿐입니다.

창조적인 것들은 그전에 고정관념을 항상 뛰어넘은 것들입니다.

익숙한 것을 낯설게 보는 것이 창의성입니다.

자신의 기존의 생각의 틀을 벗어난 깨달음이 있을 때

자신의 발전이 있는 것입니다.

그런 경험이 없었다면 세상 속에서 살아가지만

세상과 진정 소통은 하지 않은 것입니다.

부딪히는 문제의 해결의 열쇠는 얼마나 다양한 관점에서 문제를 바라보느냐에 의해 결정됩니다. 그런 관점은 평소에 충분한 연습이 될 때 자연스럽게 활용 가능한 관점으로 뇌리 속에 자리 잡을 수 있습니다.

좋은 책이란 독자를 어린아이에게처럼 정답을 찾아주는 것이 아니라 스스로 정답을 찾도록 생각하는 힘을 길러주는 책이 좋은 책입니다.

사람의 생각을 알 수 없다고들 말하지만, 그것은 사람을 보는 안목이 없는 사람들이 스스로 위로하기 위해서 지어낸 말일 뿐입니다. 사람의 일반적인 행동은 그 사람의 사고방식에 의해 일관성 있게 표현되게 마련입니다.

진실을 찾는다는 것은 감정을 자극하는 것에 쫓아가는 것이 아니라 본질을 분석해서 이성적으로 찾아지는 것입니다.

합리적인 판단은 자신의 생각과 다른 의견을 꼼꼼히 검토할 때 생깁니다.

어떤 사람에 대해 예의를 다하는 것과 그 사람의 생각을 무조건 옳다고 인정하는 것은 전혀 다른 문제입니다.

항상 일이든 사람관계이든 낯설음에서 편안함으로 발전합니다.
낯설기 때문에 회피할 것이 아니라 낯설음 다음의 편안함을
바라보며 낯설음을 즐겨보세요.

선입견은 타인에 대한 견해가 아니라 타인과 무관한 자신의
감정의 표현일 뿐입니다.

책은 수천 년 동안 인류의 경험들
의 집합입니다. 독서를 한다는 것
은 수천 년간의 경험을 짧은 기간
동안 자신의 경험으로 편입시키겠
다는 것입니다.

순간의 깨달음을 꾸준히 머리로 되새김질할 때에만 새로운 생각의 습관으로 자리 잡습니다. 기존의 생각의 습관은 하루 아침에 바뀌는 게 아니랍니다.

책이 유익한 것은 현재 자신이 옳다는 것들에 태클을 걸기 때문입니다.

66

세상은 하루아침에 바뀌지는 않습니다.
세상이 바뀌려면 구성원의 의식이 변화되어야지
진정 바뀌는 것이기 때문입니다.

99

공동체 사랑하기

독재 권력은 지도자에 의한 획일성을 강요하고, 민주주의는
국민의견의 다양성을 존중합니다.

머리가 좋은 범죄인은 고의범이 많고, 마음이 좋은 범죄인은
과실범이 많습니다.
세상에 범죄가 없어지려면 머리와 마음이 모두 좋은 사람이
많아야 합니다.

세상이 점점 좋아지기는 하는가 봅니다.
불과 몇 십 년 전에는 대통령 욕하면 물고문 당하던 시절이
있었는데.
지금 욕해도 되는 시대가 되었으니까요.
저는 역사의 진보를 믿습니다.
단 깨어있는 시민이 존재한다는 가정하에….

약한 자의 편에 서세요, 강한 자의 곁에는 당신 빼고 모든
사람들이 그의 편에 서 있을 것이니까요.

눈물은 그 대상을 사랑한다는 가장 강력한 증거입니다.

그 대상이 자신이든, 타인이든,

그리고 그런 사랑은 그 대상을 위한 행동의 강한 에너지가

됩니다.

그래서 공감능력이 떨어지는 사람은 결코 악의 세력과 투쟁

하지 못합니다.

자기가 좋아하는 정치인의 말이라면 콩 심은데 팥 난다고 해

도 믿는 사람이 많습니다. 그것은 정치인을 존경하는 게 아

니라 하나님으로 숭배

하는 것입니다.

사람에 대해 관심을 가지면 공감할 수 있고, 공감하면 교감할 수 있고, 교감을 하면 사랑할 수 있고, 사랑을 하다 보면 그를 위해 행동할 수 있습니다.

사랑은 타인을 위한 행동의 에너지를 제공하지만, 지식은 그 행동의 옳고 그름을 판단하게 합니다.

개인에 대한 비판은 절제하는 게 낫습니다.
한 개인의 변화하기가 어려운 존재이기 때문입니다.
하지만 지도자에 대한 비판은 해야 합니다.
능력 없고 부도덕한 지도자는 공동체에 끼치는 해악이 심대하고,
어떤 공동체에 지도자가 되려는 사람이 비판을 수용하지 않으려는 사람이라면 지도자 자격이 없고, 비판을 수용하지 않는다면, 지도자 자리에서 끌어내려야 합니다.
좋은 지도자는 스스로 나타나는 것이 아니라 구성원의 힘으로 만들어 가는 것입니다.

정치가 발전한다는 것은 개인적인 삶의 고통들을 평균적으로 덜어주고, 개인적인 삶의 질을 평균적으로 높여 주는 작용을 합니다. 국민이 정치에 관심을 가질 때 정치는 발전하는 것입니다.

사회의 전체의 발전은 당장 개인의 행복과 무관한 듯 보이지만 시간이 지난 후에 바라보면 개인의 행복과 밀접한 비례관계가 있습니다.
함께 잘 살아가는 것이 자신도 잘 사는 방법입니다.

변화를 할 수 있는 사람만이 리더가 되어야 합니다. 그렇지 않으면 그 조직은 안정감을 줄지 모르나, 10년 뒤에 존재 자체가 사라질 것입니다.

정치에 깨어있지 않은 국민은 정치인에 깨지게 되어 있습니다.

소통하지 않으려는 권위주의 정권에서는 어떤 문제에
대한 건의는 반항으로 치부됩니다.
그래서 건의하지 않고 변화하지 않으려는
복지부동이 판을 치게 되는 겁니다.
사회적 부정부패와 부조리척결의 유일한 해법은 소통하는
민주주의입니다.

주인은 종이 얼마나 일을 잘하는지 늘 관심 있게
지켜보아야 합니다.
주인이 종에게 무관심하면 종이 주인자리를 꿰차게 되어
있습니다.
정치인과 국민의 관계도 마찬가지입니다.

지난 역사의 가장 확실한 진리는 국민이 정치인에게 주인 노릇을 못하면 정치인이 국민에게 주인 노릇합니다. 정치권력의 노예의 삶과 정치에 무관심한 삶은 동일한 말입니다.

국민의 아픔에 공감하지 못하는 정치인은 국민을 위한 정치를 할 수 없고, 자신의 탐욕과 명예욕을 채우려고 정치를 하는 사람입니다.

내가 지지하는 정치인이 거짓말하지 않을까 의심하는 사람이 정치에 깨어 있는 시민입니다.

정치는 예술이 아니기 때문에 이미지로 판단하는 게 아니라 그들의 정책을 보고 머리로 판단해야 합니다.

투표를 하는 것은 조금 덜 나쁜 사람에게 나라 살림을 맡기는 것이고, 투표를 하지 않는 것은 더 나쁜 사람에게 나라 살림을 맡기는 것입니다.

사회에 불만을 가지면서 정치에 관심을 가지지 않는 건 숟가
락질은 하지 않고 배불리겠다는 속셈과 다를 바가 없습니다.

세상을 바꾸는 건 가슴만으로 되는 게 아닙니다.
세상을 바꾸는 건 지식만으로 되는 게 아닙니다.
세상을 바꾸는 건 가슴과 지식이 함께 있을 때 바꿀 수 있는
것입니다.

세상은 하루아침에 바뀌지는 않습니다.
세상이 바뀌려면 구성원의 의식이 변화되어야지 진정 바뀌는
것이기 때문입니다.

공감만 하면 세상이 바뀐다고 이야기하지만, 오히려 악어의 눈물에 공감하면 세상은 더 어두워집니다. 무조건적인 공감이 아니라 약자를 위한 공감일 때 세상은 바뀌는 것입니다.

사람들은 세상이 바뀌지 않는다고 이야기하지만,
바뀌지 않는 것이 아니라 천천히 바뀌어서
변하지 않는 것처럼 느껴질 뿐입니다. 세상을 바꾸기를 바라기 이전에 자신의 성급함부터 바꾸어야 합니다.